AF233646

DISCOURS

PRONONCÉ SUR LA TOMBE

DE

M. Hyacinthe RICHAUD,

CONSEILLER DE PRÉFECTURE;

Par M.-A. BATTAILLE, D. M.,

LE 29 AVRIL 1827.

VERSAILLES,

IMPRIMERIE D'ÉRASME KLEFER,

Place d'Armes, 17,

MAISON DES GONDOLES.

1854.

DISCOURS PRONONCÉ SUR LA TOMBE

DE

M. Hyacinthe RICHAUD,

CONSEILLER DE PRÉFECTURE;

Par M.-A. BATTAILLE, D. M.,

LE 23 AVRIL 1827.

«MESSIEURS,

» Le nombre et le choix des personnes dont la
présence donne à cette pieuse cérémonie une pompe
peu commune, semblent faire penser que la Société
vient de perdre un de ses membres les plus éminents,
par le rang et les dignités; mais combien est, pour
nous, plus solennel et plus touchant ce spectacle du
concours de citoyens de toutes les classes, entourant
la tombe d'un homme dont la vie toute pleine de
nobles actions et d'éminents services, fut cependant
aussi simple et modeste que son cœur fut noble et
généreux, son caractère doux et conciliant, son âme

forte et inébranlable, son esprit juste et inflexible dans
le bien! d'un homme qui, par la seule candeur de sa
probité, par la seule naïveté de ses vertus, le seul na-
turel de son courage, força la justice et la reconnaissance de ses concitoyens à ce degré d'estime, de
respect et d'affection qui ne meurent pas avec lui,
parce qu'ils sont la réflexion de l'ame elle-même, qui
ne meurt pas non plus!

» Que de là-haut où il vient d'être appelé, l'homme
de bien que la Société regrette ici non moins que sa
triste famille, jouisse du moins de la manifestation
d'un sentiment que nos ménagements pour sa modes-
tie n'ont pu que lui faire deviner durant sa vie! Qu'il
en jouisse surtout, comme nous nous en félicitons
nous-mêmes, puisque nous avons appris à payer le
tribut de ces touchants hommages au courage civi-
que, à la vertu modeste, brillant de leur simple éclat,
sans le secours ni le mensonge des distinctions ou
des dignités sociales. Il les aimait, cette élévation, ce
délicat perfectionnement de nos mœurs publiques,
comme s'il se fût rendu compte de ce qu'ils avaient de
personnel pour lui, comme s'il se fût avoué qu'outre
les jouissances que son ame éprouvait à faire bien, sa
mémoire en dût être ennoblie. Douce et généreuse

ambition qu'il nourrit jusqu'au tombeau, lorsque sen-
tant approcher les derniers battements de son cœur,
il dit à sa famille, à ses amis en pleurs, « qu'il mour-
» rait sans regret s'il savait être conduit à sa dernière
» demeure par tout ce qu'il y a de gens de bien dans
» sa ville! »

» Eh bien ! jouis de ton triomphe, homme vertueux
et modeste ! reçois, dans ce triste et solennel adieu,
le pur et légitime hommage qui s'élance librement de
nos cœurs ; et si tu peux y lire, vois dans cet impo-
sant cortége de la mort et des regrets, vois des hommes, jeunes encore, venir ici recueillir ton héritage
social et tremper dans l'exemple de ta fermeté et de
tes vertus civiques, leur ame digne d'impressions gé-
néreuses et de nobles imitations : vois des hommes
qui, comme toi ou avec toi, ont suivi le chemin de
l'honneur, donné l'exemple du dévouement à la chose
publique, et dont la vie se prolonge, pour que ne se
brisent pas tous à la fois nos modèles ; ils t'aimaient,
car ils ont comme toi le désintéressement et la droi-
ture de l'ame, la force et la dignité du caractère : vois
enfin, le haut Magistrat * qui t'accorda son amitié et te
donna sa confiance ; la noblesse de son cœur, la jus-

* M. Aubernon.

tesse de sa pensée, lui ont dit qu'en venant se con-
fondre parmi les gens de bien qui, au gré de tes vœux,
s'empressent d'honorer ta mémoire, qu'en s'asso-
ciant à nos regrets sur la mort d'un citoyen vertueux,
il imprimait à son caractère un nouvel éclat, au respect et à l'affection de ses administrés une nouvelle
force et quelque chose de plus doux. Jouis de ton
triomphe, homme généreux ! sois fier de ta vie par le
cortége de ta mort.

» Messieurs, si un petit nombre d'actions, lorsqu'elles portent l'empreinte d'un caractère énergique
et voué au bien, suffisent à remplir la vie d'un homme
et à entourer sa mémoire de glorieux souvenirs, quelle
ne sera pas notre haute estime pour celui que nous
pleurons, et que tant de faits honorables recomman-
dent à la reconnaissance de ses compatriotes et des
habitants de cette ville ! Mais il nous suffira, pour
peindre **M. *Hyacinthe Richaud*** tout entier et tout à
la fois comme fonctionnaire public pénétré de ses de-
voirs et comme citoyen généreux inspiré par l'humanité, de retracer à vos esprits le courage et le noble
dévouement qu'il déploya à une époque terrible de
nos annales révolutionnaires.

» Qui de nous ne se rappelle ou n'a appris, avec un

profond sentiment d'admiration, la rare et intrépide
conduite que, dans ces temps de désastreuse et horrible mémoire, il déploya pour arracher aux tortures
les plus déchirantes, les malheureux prisonniers d'Or-
léans? Vous le savez, vous, Messieurs, qui en avez
été les témoins. Ces infortunés étaient la proie qu'at-
tendaient, avec la rage pantelante du tigre, les hommes des 2 et 3 septembre 1792. Escortés de deux
mille fédérés et d'une forte artillerie, ils sont dirigés
sur Versailles. L'ancienne Ménagerie est le lieu choisi
par M. *Richaud,* Maire de la ville, pour leur détention,
car il offre, plus que toute autre prison, l'espoir de les
soustraire à la fureur des six mille factieux venus à
Versailles, de tous les points du département, pour
être organisés en bataillons de volontaires. Instruit
de leurs homicides projets, M. *Richaud* se porte à
cheval au-devant du convoi, jusqu'à Jouy. Il espère
éviter le passage par Versailles; mais la route de Jouy
à la Ménagerie est impraticable; il faut donc y renon-
cer, et traverser la ville. M. *Richaud* marche, avec
les officiers de l'escorte, en tête du triste et malheureux convoi; il le protége et s'apprête à le défendre
par son autorité et par le respect dont il est entouré.
On est arrivé à la grille de l'Orangerie : tout-à-coup

une foule immense arrête le premier charriot : *Qu'on nous livre les prisonniers !* s'écrient ces hommes à qui allaient bientôt échapper leurs victimes ; le Maire veut faire entendre sa voix, elle est méconnue. Cependant il fend la foule, descend de cheval, fait ouvrir la grille, se place entre les battants et presse la marche des prisonniers. On respecte un instant la noblesse et la dignité de son courage ; mais un cri : *Sauvons le Maire !* s'élève du milieu de cet affreux tumulte ; et en effet, M. *Richaud*, enlevé, entraîné, est déposé dans l'appartement du concierge. Il s'échappe bientôt des mains de ces hommes du désordre et de l'anarchie ; il retourne à la grille qu'on avait refermée, la fait ouvrir à coups de hache, rentre dans la ville, et, à pied, gagne la tête des voitures. Déjà les sabres étaient levés sur les malheureux prisonniers ; il remarque avec effroi que les hommes de l'escorte prennent part au désordre de la foule. Un horrible holocauste allait se consommer ; le Maire se précipite, invoque l'honneur, l'humanité, la loi.... Inutile recours, les prisonniers sont assaillis ! A cette vue l'ame généreuse de M. *Richaud* se révolte : il monte sur le premier charriot ; il va périr avec eux peut-être ; mais ni l'attente des douleurs physiques, ni la perspective de la mort qui se

multipliait sous tant de hideuses formes, n'arrêtent
l'élan de son courage : il couvre ces infortunés de son
corps, de son écharpe et de son imposante attitude.
Il veut parler; les sanglots étouffent sa voix; alors il
se couvre la tête et se confond avec les prisonniers.
Mais on l'enlève, on l'entraîne; il voit le massacre et
s'évanouit; on le transporte dans une maison voisine,
il y reprend ses sens et veut s'échapper : « C'est en
» vain, lui crie-t-on, que vous voulez les sauver, il est
» trop tard ! »

» Il vole cependant au secours de ceux qu'il défendait
si opiniâtrément; mais il n'était en effet plus temps....,
le crime avait triomphé !

» Tu survécus à ces tristes victimes, noble et vertueux *Richaud*, comme un père survit à ses enfants
massacrés. Ta douleur fut cruelle, car ton dévouement avait été sans bornes.

» Elle fut réveillée, mais en même temps ton éclat
rehaussé et consacré par les honneurs de la préséance
qui te furent accordés dans la cérémonie religieuse
ordonnée, en 1817, par la ville de Versailles, pour le
repos de l'ame des nobles martyrs de cette affreuse
journée.

» Mais les horreurs de cette fatale époque réser-

vaient à ton intrépide fermeté de nouvelles et non
moins douloureuses épreuves. Ton courage, il est
vrai, grandissait et se multipliait à mesure que se
multipliaient et croissaient les dangers ; et après les
fatigues physiques et morales d'une aussi sanglante
lutte, tu trouvas encore assez de force et de dévouement pour voler, sur d'autres points, à la défense
d'autres de tes malheureux concitoyens. Je t'admire,
courant au milieu de cet épouvantable carnage, de la
geôle à la maison d'arrêt, et, plus heureux que dans
le combat du matin, arrêtant les massacres qui en-
sanglantaient les cours du temple de Thémis, envahi
par ces hordes de barbares. Là, du moins, tu trouvas
la plus douce récompense de tes infatigables efforts ;
là, tu suspendis la hache près de frapper douze infortunés, et leurs mains dirigées suppliantes vers leurs
inexorables bourreaux, se tournèrent reconnaissantes,
vers le génie tutélaire qui leur rendait la vie !…

» Qui de nous, encore, Messieurs, pourrait oublier
les dangers qu'il courut et sut braver, lorsqu'en 1793,
il refusa d'exécuter les ordres qu'il avait reçus du
Comité de salut public, de faire sortir des rangs de
l'armée de la Moselle les officiers de familles nobles
qui s'y trouvaient, et de mettre en arrestation le

brave Hédouville, major-général? Trop humain et
trop pénétrant pour ne pas voir, dans cette apparente
mesure de sûreté, le projet déguisé de livrer de nouvelles victimes au fer des bourreaux, il refusa sa si-
gnature à un arrêté qui, dès-lors, devenait inexécu-
toire, et la mission de mort dont il était chargé se
changea ainsi dans ses mains en mission de salut.
Il sauva, par cet acte de courage, la vie à une foule
d'individus au prix de la sienne propre, que, généreux réfractaire, il ne pouvait défendre en rendant à
ses commettants l'ordre inexécuté qu'il leur rappor-
tait, qu'avec des armes qu'ils ne connaissaient pas,
l'humanité et la générosité. Cette fois, pourtant, elles
triomphèrent; et soit que leur bouche se fatiguât de
prononcer la mort, soit qu'ils fussent sous le charme
de tant de courage et de vertu, ils te permirent de
vivre, comme pour se réhabiliter par les bienfaits
qu'ils te laissaient désormais libre d'exercer.

» Tu usas, en effet, de cette liberté avec ta justice
et ta douceur accoutumées; et la ville de Lyon con-
serve encore le souvenir de l'empressement et de la
sagesse avec lesquels tu t'acquittas, après le 9 ther-
midor, du devoir, cette fois plus doux et plus selon
tes mœurs, de rendre à la liberté ceux qu'un affreux

système de suspicion enchaînait dans les prisons de cette grande ville, et de prévenir les funestes effets d'une réaction populaire.

» Reçois donc nos tristes et éternels adieux, homme bon, humain, fort et généreux ! Que cette terre te soit légère ! Elle s'ennoblit en recevant ta dépouille. Et nous aussi, Messieurs, nous nous ennoblissons en accompagnant de nos larmes et de nos regrets un homme dont le modeste éclat reflète doucement, mais honorablement, sur ceux qui ont eu le bonheur de le connaître et d'en être aimés.

» Que ceux de vous qui lui ont accordé leur estime, leur confiance et leur amitié, prennent ici leur part des sentiments dont il est l'objet; car ce concours unanime de regrets pour lui est aussi, pour eux, un concours d'éloges. »

FIN.

EN VENTE

Chez KLEFER, *imprimeur-éditeur, place d'Armes,* 17, *maison des Gondoles:*

ÉLOGE HISTORIQUE ET BIOGRAPHIQUE de M. de BELSUNCE, Évêque de Marseille; par M. l'Abbé de PONTCHEVRON, ancien Aumônier de Madame, Duchesse de Berry, Grand-Vicaire de Montpellier, etc., Membre de la Légion-d'Honneur, 1 vol. *in-8°* de 400 pages. Prix 5 fr. ; et *franco, par la poste,* 6 fr. 50 c.

Ce bel et intéressant ouvrage, orné de portrait, *fac simile, armoiries* et des signatures des personnages les plus marquants de Marseille, doit être placé, dans toutes les bonnes bibliothèques, à côté de la VIE DE SAINT VINCENT DE PAUL.

VIE DE BLANCHE DE CASTILLE, Reine de France, Mère de Saint-Louis, par Madame la Comtesse de Macheco, 1 vol. *in-8*, orné du portrait de Blanche et d'une médaille gravée, 4 fr., et franc de port, par la poste, 5 fr.

RECHERCHES SUR LE MAUVAIS AIR ET SES EFFETS; par M. *Rigau l de l'Isle.* 1 vol *in-8°,*   3 fr.

En suivant les prescriptions indiquées dans cet ouvrage, on ne craindra ni la peste ni le choléra.

BIBLIOTHÈQUE DE L'ENFANCE,

CONTENANT LES OUVRAGES SUIVANTS :

1° Grand Alphabet français, divisé par syllabes, 1 vol. *in-*18 de 36 pages, cartonné. Prix. . . . 25 c.

2° Alphabet progressif pour le premier âge, 1 vol. *in-*18 de 72 pages, cartonné. Prix. . . . . 40 c.

3° *Idem,* suivi d'exercices, de pensées choisies et de conseils, 1 vol. *in-*18 de 72 pages, cartonné. 50 c.

4° Petit Précis des Connaissances Primaires, 1 vol. *in-*18 de 40 pages. . . . . 30 c.

5° Les Délassements du jeune âge, 1 vol. *in-*18 de 146 pages, cartonné. . . . . 70 c.

6e Petit Précis de Mythologie, 1 vol. *in-18* de 26
pages, cartonné. . . . . 25 c.
7e Petit Précis de Géographie, 1 vol. *in-18* de 44
pages, cartonné.. . . . . 35 c.
8e Petit Précis de Grammaire, 1 vol. *in-18* de 72
pages, cartonné. . . . . 40 c.
9° Précis d'Alphabet--Arithmétique, 1 vol. *in-18* de
68 pages, cartonné. . . . . 60 c.
10° Précis de l'Histoire de France depuis Pharamond
jusqu'à l'avènement de Napoléon III, 1 vol. *in-18*
de 112 pages. . . . . 60 c.

Avec ces petits traités, la mère peut elle-même inoculer
les connaissances primaires à ses enfants, en jouant pour
ainsi dire avec eux. *Ces livres se trouvent au bureau de
ce journal.*

SOUS PRESSE, pour paraitre à la même adresse:

NOTICES BIOGRAPHIQUES *de* **MM.** *Richaud* et *Jouvencel,
anciens Maires de Versailles.*

Ces Notices seront imprimées dans le même format que
celui du discours prononcé par M. le Docteur Battaille, et
pourront y être jointes.

Celles de HOCHE et de BERTHIER (Alexandre), prince de
Neufchâtel et de Wagram, les suivront de près. On sait que
ces deux généraux ont terminé leur carrière d'une manière
bien différente et presque tragique.

SOUVENIRS D'UN FRANÇAIS NÉ EN BELGIQUE, *écrits
par lui-même,* 2 vol. *in-8°.*

L'imprimeur de cette brochure traite avec les
auteurs de bons livres pour l'impression et la vente
de leurs productions.

AVIS AUX AMATEURS DE LIVRES RARES.

Les *Discours et Opinions de Mirabeau,* publiés
en 1819 et 1820, étant devenus très-rares et d'un
prix élevé, nous croyons devoir prévenir les personnes qui voudraient en faire l'acquisition, qu'il n'y a
d'exemplaires complets de cet ouvrage que ceux qui
ont 1° les quatre pages de titre, avec le portrait de
Mirabeau, gravé sur cuivre ; 2° le *fac simile* d'une
lettre de Mirabeau, aussi gravé sur cuivre, avec sa
reproduction en caractère mobile ; 3° la feuille A, dont
la pagination est en chiffres romains, et qui commence par un avertissement de 2 pages, suivies de
14 autres pages de la notice sur Mirabeau ; 4° la feuille B
et la feuille C : cette dernière est composée de 11 pages,
qui finissent la notice et des cinq premières pages de
l'oraison funèbre de Cérutti; 5° la feuille D, contenant
la fin de cette oraison, le parallèle de Mirabeau et du
cardinal de Retz. Ces pièces réunies donnent 60 pages,
ce qui, avec les 4 pages de titre, forme
64 pages, non compris le *fac simile* et
sa copie imprimée.

Ici, commence une autre pagination,
en chiffres arabes, donnant   514 —

                                           574 pages.

La feuille 1 a en tête : Jugement de Mirabeau, par Garat

Le second volume contient   576 —

Le troisième   542 —

                    Total général   1,692 pages,
les titres et *fac simile* non compris.

Cet ouvrage ne se trouve complet qu'au bureau du
Journal de Versailles, *place d'Armes,* 17.